Koning Voetbal

Voor Gijs de Vos,
elftalleider van F.C. Lummel

Koos Meinderts
Koning Voetbal

tekeningen van
Annette Fienieg

Zwijsen

avi 4

Boeken met dit vignet zijn op niveaubepaling geregistreerd
en gecontroleerd door
KPC Onderwijs Adviseurs te 's-Hertogenbosch.

0 1 2 3 4 5 / 03 02 01 00 99

ISBN 90.276.4201.X
NUGI 220

© 1999 Tekst: Koos Meinderts
Illustraties: Annette Fienieg
Uitgeverij Zwijsen Algemeen B.V. Tilburg

Voor België:
Uitgeverij Infoboek N.V. Meerhout
D/1999/1919/31

STICHTING NEDERLANDSE
KINDERJURY
2000

Inhoud

Koning Poeskas vindt een bal

Op een dag loopt koning Poeskas in
de tuin.
In zijn eentje.
Het is vroeg in de ochtend.
De koningin zit nog aan het ontbijt.
Af en toe blijft de koning staan.
Om aan een bloem te ruiken.
En dan loopt hij weer verder.
Niet bij alle bloemen blijft hij staan.
Wel bij de rozen.
Die ruiken het zepigst.
De rozen staan achterin.
Tegen de tuinmuur.
De koning loopt naar een gele roos.
Daar gaat hij zijn neus in steken.
Heerlijk!
Maar er komt iets tussen.
Het is wit en rond.
Het vliegt over de muur.
En het komt zijn kant uit.
Het is geen duif.

En ook geen konijn.
Het is een bal!

Een voetbal!
De koning springt omhoog.
Hij strekt zijn armen.
En plukt de bal uit de lucht.
Hij heeft hem te pakken.
Klemvast.
Hij draait de bal rond in zijn handen.
Wat een mooie bal!
Koning Poeskas trilt van genot.
Hij heeft een echte wedstrijdbal in handen.
Hij legt de bal voor zich op de grond.
Hij neemt een aanloop.
Dan begint hij te praten.
Zachtjes in zichzelf.
Een beetje opgewonden.
Zoals een verslaggever praat.
'Laatste minuut van de wedstrijd,' zegt de koning.
'Vrije trap in het voordeel van de thuisclub.
Net buiten het strafschopgebied.
Wie zal er achter de bal plaatsnemen?

Poeskas!

Het is koning Poeskas!

Een man met een dodelijk schot in de benen.

Zowel links als rechts.

Zou koning Poeskas zijn ploeg alsnog op een voorsprong weten te schieten?

Zou de beker alsnog naar de thuisclub gaan?

Koning Poeskas wacht tot het muurtje op negen meter staat.

Hij loopt naar de bal en...'

'Poeskas! Poeskasje! Lieverd!

Wat sta je daar toch in jezelf te praten?'

Het is de koningin.

Ze is klaar met haar ontbijt.

Ze staat op het terras.

Tussen de opengeslagen tuindeuren.

Snel schopt de koning de bal tussen de rozen.

De koningin mag de bal niet zien.

Dan is hij hem meteen kwijt.

'Wat deed je daar?' vraagt de koningin.

O jee, ze heeft toch wat gezien.

'Wat was dat?' vraagt ze.

'Een konijn!' zegt de koning vlug.

'Een wit konijn.
Het sprong opeens voor mijn benen.
Ik schrok me een hoedje!'
'En toen heb je dat arme dier een schop
gegeven?'
'Een duwtje onder zijn kont, meer niet.'
De koningin loopt naar de koning.
'Waar is het konijn?' vraagt ze.
'Dat zit allang in zijn hol.'
Koning Poeskas geeft de koningin een arm.
'Kom,' zegt hij.
'Dan lopen we naar de lupines.
Die zijn nu op hun mooist.'
Hij trekt de koningin zachtjes mee.
Weg van de bal tussen de struiken.
Vannacht gaat hij hem ophalen.
Als iedereen slaapt.

Koning Poeskas is er met zijn gedachten niet bij

Het is avond.
Koning Poeskas zit op zijn troon.
Hij leest.
Niet in een leuk boek.
Was het maar waar.
Hij leest een voorstel voor een nieuwe wet.
Als hij het ermee eens is, moet hij zijn
handtekening zetten.
Hij kan zijn gedachten er niet bij houden.
Die zijn de hele dag al bij de bal in de tuin.
Zou hij er nog liggen?
Vannacht weet koning Poeskas het.
Dan gaat hij hem pakken.
En kan hij voetballen.
In het geheim.
Van de koningin mag hij dat niet.
Voetbal is een sport voor het volk.
En een koning moet boven zijn volk staan.
'Anders nemen ze je niet serieus, Poeskasje.'
Van de ministers mag hij ook niet

voetballen.

Koning Poeskas moet regeren.

Hij moet op zijn troon zitten.

Hij moet wetten ondertekenen.

En hij moet het land verdedigen tegen
koning Wor, zijn broer.

Wor is koning van het Noordrijk.

Poeskas van het Zuidrijk.

Koning Wor wil het rijk van zijn broer er
graag bij hebben.

Dan is hij koning van een groot rijk.

Dat is zijn grote droom.

Eens zal die droom uitkomen.

Eens zal hij Poeskas van de troon jagen.

'Houd Wor in de gaten,' zeggen de
ministers.

'Zijn leger wordt elke dag groter.'

Koning Poeskas ziet het gevaar niet.

Zijn ministers maken zich veel te druk.

Zijn broer houdt van soldaten.

Meer niet.

Als kind al.

Wor kon uren met zijn soldaatjes spelen.

Hele veldslagen speelde hij na.

Heel soms speelde de kleine Poeskas mee.
Maar nooit erg lang.
Hij wilde liever voetballen.
Maar dat mocht niet.
Toen ook al niet.
Dat paste niet bij een toekomstig koning.
En het was gevaarlijk.
Je kon een been breken.
Ballen mocht wel, maar niet met de voet.
Ra, ra, ra, wie heeft die bal.
Dat was toch ook leuk?
Niets aan, vond de kleine Poeskas.
Raden wie die mooie bal van goud achter
zijn rug had.
Misschien dat prinsesjes dat leuk vinden.
Maar hij niet.
Wacht maar, dacht de kleine Poeskas.
Later als ik groot ben.
Dan ben ik koning.
Dan ben ik de baas.
En maak ik zelf wel uit wat ik ga doen.
Dan ga ik voetballen.
De hele dag.
Mooi niet, dus.

Ook nu hij koning is, mag hij niet
voetballen.

Alleen in zijn dromen mag dat.

Dan maakt hij de mooiste doelpunten.

Met zijn linkerbeen.

Pang, in de kruising.

Met zijn rechterbeen.

Boem, in de korte hoek.

Of een subtiel stiftje over de keeper.

Zoals alleen de beste voetballers kunnen.

Of hij maakt een doelpunt na een lange solo.

Dan slalomt hij langs vier, vijf verdedigers.

Alsof ze er niet staan.

Dan komt hij alleen voor de keeper.

En draait hij met zijn schouder naar rechts.

En gaat hij de keeper links voorbij.

En dan is het doel leeg.

En knalt hij de bal in het net.

Dan springt het publiek op en roept het hard
zijn naam.

'Poeskas! Poeskas! Poeskas!'

Dromen zijn bedrog.

Koning Poeskas maakt geen doelpunten.

Koning Poeskas wordt niet toegejuicht.

Koning Poeskas zit op zijn troon.
Koning Poeskas regeert en leest wetten.
Saaie wetten, die hem geen bal interesseren.
Zoals de wet die hij nu leest.
De Wet op de Hondenpoep.
Hoeveel een hond per poepbeurt maximaal
in de goot mag deponeren.
Kan de koning wat schelen.
Ze poepen maar raak.
Als het maar wordt opgeruimd.

Met een zucht zet de koning een
handtekening.
Wat is de minister blij.
Zijn wet is erdoor!
De koning is ook blij.
De dag zit erop.
Het is tijd om naar bed te gaan.
De koningin ligt er al in.
Ze ligt nog wat te lezen.
'Welterusten, Poesje,' zegt ze na een poosje.
Ze geeft de koning een zoen en draait zich
om.
Al gauw ligt ze te slapen.
Daarop heeft de koning gewacht.
Hij glipt uit bed en kleedt zich aan.
Hij sluipt de slaapkamer uit en gaat op weg
naar de tuin.
Op weg naar de bal.

Koning Poeskas maakt kennis met Faas

Koning Poeskas zit op zijn knieën in de tuin.
Hij tuurt tussen de struiken.
Waar ligt die bal toch?
Hij moet hier zijn.
De koning kruipt verder de struiken in.
En dan ziet hij de bal.
De koning kruipt ernaartoe.
Maar de koning is niet de enige.
Er kruipt nog iemand naar de bal.
Op hetzelfde moment houden vier handen de
bal vast.
Twee handen zijn van de koning.
Maar van wie zijn die twee andere handen?
In ieder geval van iemand die de bal ook
graag wil hebben.
De handen laten de bal niet los.
De koning is dat ook niet van plan.
Hij is nu zo dicht bij de bal.
Hij moet hem hebben.
Hij trekt uit alle macht.
En hebbes!

De koning heeft de bal te pakken!

'Geef terug!' roept een stem tussen de rozen.

'Wie zegt dat?' vraagt de koning.

'Ik,' zegt de stem.

'En wie is ik?'

'Faas.'

'Faas?'

De koning gaat staan.

En de ik die Faas is ook.

'Koning Poeskas!' stamelt Faas.

'Bent u het?'

De koning knikt.

'Ik kom mijn bal ophalen, sire.'

'Jouw bal?'

'Ik had hem per ongeluk over de muur
geschoten.

Mag ik mijn bal terug?

Het is zo'n goeie.

Het is een echte wedstrijdbal.

Ik heb hem zelf betaald.

Van mijn eigen geld.

Krijg ik hem alstublieft terug?

Ik beloof u dat ik nooit meer op uw gras zal
voetballen.'

'Mijn gras?' vraagt de koning.

'Het grasveld in de buitentuin, achter de
muur.

Waar mijn vader werkt.

Hij is tuinman.

Hij verzorgt de bomen en houdt het gras bij.

Niet op het gras komen, Faas, zegt hij altijd.

En zeker niet voetballen op het gras.

De koning wil het niet hebben.

Als hij het ziet, snijdt hij je bal in stukken.'

'Zo'n mooie bal?' zegt de koning.

'Kapotmaken?

Ik kijk wel uit.'

'Mag ik hem dan terug?'

'Als je met me gaat voetballen.'

'Graag!' zegt Faas.

'Morgen na school?'

'Nu meteen,' zegt de koning.

'In het donker?'

'In het geheim.

Niemand mag ons zien.'

'Waarom niet?'

'Omdat ik niet mag voetballen.'

'Van de dokter niet?'

'Van mijn vrouw niet en van mijn ministers niet.

Van niemand niet.

Een koning moet regeren.

En zijn handtekening zetten onder de Wet op de Hondenpoep.

Niets aan.

Ik wil voetballen en ik ga voetballen.

Kom mee, Faas.

We gaan naar binnen, voetballen.'

'In het paleis?'

'In de troonzaal,' zegt de koning.

'De troonzaal heeft een mooie vloer.'

De koning geeft Faas een hand.

Ze gaan op weg naar de troonzaal.

De koning doet het licht aan.

Faas kijkt zijn ogen uit.

'Komt er nog wat van?' zegt de koning.

Hij schiet de bal in de voeten van Faas.

Faas stopt de bal met links en schopt hem met rechts terug.

De koning neemt de bal aan.

Hij wipt hem op en wil een lob geven.

Maar hij raakt de bal verkeerd.

En ook veel te hard.

De bal suist door de zaal en vliegt tegen de kroonluchter.

De lamp zwaait heen en weer.

Als hij nu maar niet valt.

Dan is in één klap het hele paleis wakker.

'Kom, Faas,' zegt de koning.

'We gaan naar de torenkamer.

Daar kunnen we niets kapotmaken.

En daar kan niemand ons horen.

Deze kant op.'

Hij gaat Faas voor naar een lange trap.

Een trap van honderd treden.

Dat is nog eens een goeie warming-up!

Een beetje te goed.

Als ze boven zijn, moeten ze even gaan zitten.

Een paar minuten maar.

Langer kan koning Poeskas niet wachten.

'Partijtje, Faas?' zegt hij.

Faas springt op.

'Kom maar op, koning,' zegt hij.

'Ik ben er klaar voor.'

Koning Poeskas is moe (maar gelukkig)

Koning Poeskas geniet.
Eindelijk doet hij wat hij het liefst wil.
Voetballen.
Faas heeft het ook naar zijn zin.
Voetballen doet hij elke dag.
Voor school, na school en op school.
Alleen of met zijn vrienden.
Maar dit heeft hij nog nooit gedaan.
Voetballen met de koning!
In het paleis!
Het lijkt wel een droom.
Maar het is echt.
Jammer dat hij het niemand mag vertellen.
Dat heeft hij de koning moeten beloven.
'Dit is ons geheim, Faas.
En dat moet het ook blijven.
Anders is het afgelopen.
Dan kunnen we nooit meer samen
voetballen.
Beloof dat je er met niemand over praat.'
En Faas belooft het.

Hij zal niets zeggen.

Ze spelen tot het licht begint te worden.

Dan houden ze ermee op.

Faas moet naar huis.

En koning Poeskas moet snel zijn bed
weer in.

Voor de koningin wakker wordt.

'Winnende doelpunt,' zegt de koning.

'U bent ook een mooie,' zegt Faas.

'Ik sta met 9-3 voor!'

'Dik kans dus dat jij het winnende doelpunt
maakt.

Kom op, Faas.'

Faas dribbelt met de bal naar het doel van de
koning.

De koning loopt naar hem toe.

Meestal probeert Faas de koning op snelheid
voorbij te spelen.

Nu waagt hij een schot ineens.

Net naast!

Koning Poeskas is weer in balbezit.

Maar niet voor lang.

Faas is een goeie verdediger.

Snel heeft hij de bal weer te pakken.

En nog sneller gaat hij in de aanval.
Over links nu.
Daar heeft de koning niet op gerekend.
Hij heeft het nakijken.
Faas maakt het winnende doelpunt.
Met een slimme hakbal.
'Gewonnen!' juicht hij.
'Ik heb gewonnen!'
Koning Poeskas geeft hem een hand.
'Van harte, Faas,' zegt hij.

'Morgen revanche?'

'Wilt u dat?'

'Tuurlijk,' zegt de koning.

'Ik wil ook een keer winnen.'

'Dan neem ik sportschoenen voor u mee.

Van mijn vader.

Die heeft dezelfde maat als u.'

'Dat zou mooi zijn.

Die schoenen die ik nu heb, zijn veel te glad.

En ze mogen ook niet kaal worden.'

Ze lopen de trap af.

Ze sluipen over de gang.

Het paleis is nog in diepe rust.

De koning doet de deur naar de tuin open.

'Tot morgen,' zegt de koning.

'En denk erom, mondje dicht!'

Faas glipt de tuin in.

Hij klimt met zijn bal op de muur.

Hij zwaait naar de koning.

En dan springt hij aan de andere kant op de grond.

Snel loopt koning Poeskas naar binnen.

Hij haast zich naar de slaapkamer.

Gelukkig, de koningin is nog in diepe slaap.

Hij kruipt naast haar.
Pas nu hij ligt, voelt hij hoe moe hij is.
Moe, maar gelukkig.
Hij heeft gevoetbald.
In het echt.
Voor het eerst in zijn leven.
En morgen gaat hij weer voetballen.
Maar dan op echte sportschoenen.
Dan kan Faas wel inpakken.
Hij gaat hem gek spelen.
Hoe noemt Faas dat ook al weer?
O ja.
Hij gaat Faas dollen.
Zo heet dat.
De koning doet zijn ogen dicht.
De koning slaapt.
En droomt van de wereldcup.

Koning Poeskas laat zich niet meer dollen

Koning Poeskas staat in de tuin.
Hij wacht op Faas.
Waar blijft hij toch?
Hij zou komen.
Hij heeft het beloofd.
Waarom komt hij dan niet?
Wil Faas niet meer?
Voetbalt hij liever met zijn vriendjes?
Koning Poeskas had hem gisteren nooit weg
moeten laten gaan.
Niet met zijn bal.
Die had hij hier moeten houden.
Op het paleis.
Als onderpand.
Dan was Faas wel teruggekomen.
En zo niet, had hij de bal voor zich alleen
gehad.
Dan kon de koning aan zijn techniek werken.
De bal hooghouden, bijvoorbeeld.
En koppen kon ook beter.
Soms vloog de bal alle kanten op.

Behalve de goeie.

Met 10-3 had Faas gisteren gewonnen.

Dat zou hem nu niet lukken.

O nee.

Dan kent hij koning Poeskas nog niet.

Hij laat zich niet meer dollen.

En zeker niet poorten.

Dat is het ergste.

Door de benen gespeeld worden.

Drie keer heeft Faas hem dat geflikt.

Dat is drie keer te veel.

Koning Poeskas begint het koud te krijgen.

Faas is er nog steeds niet.

Hij is zeker bang dat hij verliest.

Lafaard!

Als hij niet komt, heeft de koning gewonnen.

'Eigen schuld, Faas!' roept de koning.

'Moet je maar niet wegblijven.

Ik heb gewonnen.

Met 10-0!'

'O ja?' roept Faas.

Zijn hoofd verschijnt boven de muur.

Eindelijk.

Daar is hij.

Met zijn bal.

En met een paar sportschoenen.

'Geleend' van zijn vader.

Voor de koning.

Snel gaan ze naar binnen.

Naar de voetbalkamer.

Zo heet de torenkamer voortaan.

De koning trekt de sportschoenen aan.

Ze passen goed.

En ze voetballen nog beter.

Faas heeft nu moeite met de koning.

Hij wint maar net, dit keer.

Met maar twee doelpunten verschil.

'Morgen win ik,' zegt de koning.

'Je komt toch wel weer, morgen?'

Natuurlijk komt Faas.

En ook de nachten daarop.

Koning Poeskas gaat steeds beter spelen.

Na een week weet hij van Faas te winnen.

Met 7-4!

Wat is koning Poeskas blij.

Hij danst en juicht.

Alsof hij de wereldcup heeft gewonnen.

Koning Poeskas komt slaap tekort

Een tijd gaat alles goed.
Overdag is Poeskas koning.
En 's nachts is hij voetballer.
En een goeie ook.
Partijtjes spelen Faas en hij niet meer.
De koning wint toch.
En als hij verliest, komt dat omdat hij Faas
laat winnen.
Uit medelijden.
Maar dat mag niet meer van Faas.
Dan verliest hij nog liever.
Kleine kinderen laat je winnen.
Maar hem niet.
In plaats van een partijtje spelen, trainen
ze nu.
Op hoge ballen.
Op lage ballen.
Op schieten met links en met rechts.
Met en zonder effect.
Met de binnenkant van de voet.
En met de buitenkant van de voet.

Ze oefenen met koppen.
En met schijnbewegingen maken.
Ze nemen penalty's.
En ze doen record Bal Hooghouden.
Het record van Faas staat op honderd
veertien keer.
De koning is net iets beter.
Hij kan de bal honderd tweeëntwintig keer
hooghouden.
's Nachts gaat alles prima.
Overdag niet.
De koning komt slaap tekort.
Hij zit de hele dag te gapen.
En soms valt hij zomaar in slaap.
Op de troon.
Dan moet hij wakker worden gemaakt.
Door de ministers.
Of door de koningin.
In het begin gaat dat nog gemakkelijk.
Dan stoot ze hem even aan en schrikt hij
wakker.
Maar al gauw is even aanstoten niet genoeg.
Koning Poeskas snurkt er dwars doorheen.
Dan moet de koningin wat anders verzinnen.

Een tik op zijn wang.

Een natte spons.

Of een lel op de etensbel.

En vaak helpt het maar even.

Een kwartier.

Dan slaapt hij weer.

Soms droomt hij erbij.

En praat hij in zijn slaap.

Wartaal slaat hij dan uit.

'Ik zal je dollen!' roept hij bijvoorbeeld.

'Overspelen!

Ik laat me niet poorten!'

Waar slaat dat op?

De koningin snapt er geen bal van.

De koning zegt het ook niet te weten.

Ze vertrouwt het maar niets.

Poeskas heeft een geheim.

Haar man houdt iets voor haar verborgen.

Maar wat?

Op een dag is de koning weer in slaap
gevallen.

Op een heel naar moment.

Tijdens een bezoek van koning Wor.

De koning van het Noordrijk.

De broer van koning Poeskas is in vrede gekomen.

Hij heeft geschenken meegebracht.

Een servies van Noordrijks aardewerk.

Voor de koningin.

En een groot schilderij voor de koning.

'Hoe vind je het, broertje?' vraagt koning Wor.

'Mooi!' wil koning Poeskas zeggen.

Maar zijn oordeel gaat verloren in een diepe gaap.

En een tel later valt hij in slaap, voorover.

Dwars door het schilderij.

Koning Wor ontploft van woede.

'Schande!' roept hij.

'Dat schilderij heeft me een fortuin gekost.

En wat doet mijn lieve broertje?

Hij verscheurt het waar ik bij sta!

Daar krijg je spijt van!

Dit wordt oorlog!'

Woedend verlaat hij het paleis.

Het servies neemt hij weer mee.

'Dat maak ik zelf wel kapot,' roept hij.

'Daar heb ik die kluns niet voor nodig!'

Koning Poeskas is zo gezond als een goudvis!

Koning Poeskas is dit keer niet wakker te
krijgen.
Niet met een tik op zijn wang.
Niet met een natte spons.
En niet met een lel op de etensbel.
'Met een schot uit het kanon misschien?'
stelt een minister voor.
'O nee,' zegt de koningin.
'Geen geschiet!
Koning Wor zou nog denken dat wij ook
oorlog willen.
Leg de koning op bed en roep de dokter.'
De dokter komt meteen.
'De koning slaapt,' zegt hij.
'Dat ziet mijn neus ook,' zegt de koningin.
'Maar hoe komt het dat hij slaapt?'
'Ik neem aan omdat de koning moe is.'
'Moe? Waarvan?'
'Van het regeren, neem ik aan.'
'Dat kan niet.

Hij regeert niet harder dan vroeger.
En vroeger viel hij nooit in slaap.'
'Vreemd,' zegt de dokter.
'Gaat de koning soms laat naar bed?
Of ligt hij nog lang te lezen?'
'Hij gaat juist heel vroeg naar bed.
En hij slaapt meteen.
Zodra zijn hoofd het kussen raakt.'
'Vreemd,' zegt de dokter opnieuw.
'Zodra hij wakker is, zal ik hem
onderzoeken.'

De dokter moet nog twee uur wachten.

Dan opent de koning zijn ogen.

Maar echt wakker is hij nog niet.

'Hoeveel staat het?' vraagt hij.

'Hoeveel staat het?' herhaalt de dokter.

'Hoe bedoelt u?'

'Da's ook zoiets,' zegt de koningin.

'Hij zegt af en toe de raarste dingen in zijn slaap.

Ik zal je dollen, zei hij laatst.

Hoort dat bij het ziektebeeld?'

'Zou kunnen,' zegt de dokter.

Hij wacht tot de koning helemaal wakker is.

'Waar ben ik?' vraagt de koning.

'Wat is er gebeurd?'

'Je bent weer eens in slaap gevallen,' zegt de koningin.

'Dwars door het schilderij van je broer.'

'Waar is Wor?'

'Die zien we niet meer terug.

En als hij komt, neemt hij zijn leger mee.

Hij was woedend!'

De dokter voelt de pols van de koning.

Hij kijkt hem in de ogen en in de oren.

Hij laat hem A zeggen en zijn tong uitsteken.

Hij beklopt zijn borst.

Hij beluistert zijn hartslag.

'En?' vraagt de koningin.

'Wat scheelt de koning?

En zijn er pillen voor?'

'De koning mankeert niets,' zegt de dokter.

'Hij is zo gezond als een goudvis.

Zijn hart, zijn longen, alles prima in orde.

En hij heeft een stel sterke spieren.

Vooral zijn beenspieren mogen er zijn.

Moet je kijken wat een dijen.

En wat een kuiten.

Een en al spier!'

'Waarom valt hij dan zo vaak in slaap?'

'Het is een medisch raadsel,' zegt de dokter.

'Heeft u misschien zelf een idee?' vraagt hij
aan de koning.

'Ikke..?

Nee... of ja, toch,' zegt koning Poeskas.

'Ik heb het als kind ook wel eens gehad.

Dan viel ik zomaar in slaap.

Het maakte niet uit waar ik was.

Al zat ik op de wc.

Gek hè?'

'Dat heb je me nooit eerder verteld,' zegt de koningin.

'Omdat ik me ervoor schaamde,' zegt de koning.

'En hoe is het toen overgegaan?' vraagt de dokter.

'Vanzelf,' zegt de koning.

'Dan zal het nu ook wel vanzelf overgaan,' zegt de dokter.

Hij geeft de koning een hand en wenst hem beterschap.

De koningin raadt hij aan een kussen naast de troon te leggen.

'Als de koning dan in slaap valt, valt hij tenminste zachtjes.

Goeiendag!'

Koning Poeskas schrijft zijn broer een brief

Koning Poeskas zit aan tafel.
Hij schrijft een brief aan zijn broer.
Als hij klaar is, leest hij hem voor aan de
koningin.

Beste broer,
Het spijt me heel erg van vanmiddag.
Dat ik zomaar in slaap viel.
Het lag niet aan jou, het lag aan mij.
Hoewel ik het niet met opzet deed.
Het gebeurde gewoon.
Gek, hè?
Ik hoop niet dat je lang kwaad blijft.
En ik hoop zeker niet dat het oorlog tussen
ons wordt.
We zijn toch broeders, of niet soms?
Een groet van broer tot broer,
Poeskas

P.S.: Het schilderij wordt gemaakt.
Op mijn kosten.

De koning legt de brief op tafel.
'En wat vind je ervan?' vraagt hij.
'Aardig,' zegt de koningin.
'Dus hij kan de deur uit, vind je?'
'Waarom niet,' zegt de koningin.
Ze heeft zo haar gedachten over Wor.
Ze verdenkt hem ervan blij te zijn met wat er
is gebeurd.
Nu kan hij lekker kwaad zijn.
Nu heeft hij een reden om oorlog te voeren.
Want daar is hij op uit.
Koning Poeskas schrijft de brief over in het
net.
Hij verzegelt hem en geeft hem mee aan een
boodschapper.
'Er is haast bij,' zegt de koning.
'Het is een zaak van oorlog of vrede.'

Koning Poeskas wordt gesnapt

Koning Poeskas loopt de trap op.
Hij is op weg naar de voetbalkamer.
Faas is er al.
Hij heeft een verrassing voor de koning.
Een voetbalbroek.
Eindelijk is ook de koning boven.
De koning kan wel een verrassing gebruiken.
Hij kijkt helemaal niet vrolijk.
'Dag Faas,' zegt de koning.
Zijn stem klinkt ook al niet blij.
'Heeft u geen zin om te voetballen?' vraagt
Faas.
'Ik doe niets liever,' zegt de koning.
'Dat weet je.
Maar het wordt me te link.
Ik kom slaap tekort.'
Hij vertelt wat er die dag is gebeurd.
'We moeten er maar een tijdje mee stoppen,
Faas.'
'En ik heb net een voetbalbroek voor u
gekocht!'

Faas laat de broek zien.

Een broek zoals echte voetballers dragen.

Met een nummer erop: nummer 14!

De koning trekt hem meteen aan.

Hij staat geweldig.

'Dank je wel, Faas.

Hoe duur is die broek wel niet?

Heb je hem van je eigen geld gekocht?

Ik betaal hem terug, hoor.'

'Nee,' zegt Faas.

'Dat wil ik niet.

Het is een cadeau.

Omdat ik in het paleis mag voetballen.

Wilt u er echt mee stoppen?'

'Niet echt,' zegt de koning.

'Maar het is beter niet meer elke nacht te
spelen.

Eén keer per week.

Wat dacht je daarvan?'

'Telt vanavond mee?' vraagt Faas.

'Vanavond is extra,' zegt de koning.

'Gauw, laten we beginnen.'

De koning in zijn voetbalbroek speelt nog
beter dan anders.

Alles lukt, die avond.

Strakke ballen.

Boogballen.

Omhalen.

Dribbelen.

Alles gaat even soepel.

Faas gaat vanzelf ook beter spelen.

Ze besluiten weer eens een partijtje te doen.

Zo goed gaat het.

Heel lang blijft het 0-0.

Maar als koning Poeskas met een lage
schuiver 1-0 scoort, regent het doelpunten.

Binnen tien minuten staat het 5-1.

Voor de koning.

Maar Faas is nog niet verslagen.

Hij komt terug tot 5-4.

En gaat op jacht naar de gelijkmaker.

Zover komt het niet.

Het is niet de koning die daar een stokje
voor steekt.

Het is de koningin!

De koningin was wakker geworden.

Ze had gemerkt dat het bed naast haar leeg
was.

En koud.

De koning moest dus al een poos uit bed zijn.

Maar waar was hij heen?

De koningin ging op zoek.

Nergens kon zij de koning vinden.

In de badkamer niet.

In de troonzaal niet.

En ook niet in de eetzaal.

Wat zou er toch gebeurd zijn?

Zou de koning gevlucht zijn?

Of ontvoerd?

Maar door wie dan?

Door koning Wor?

Bijna wilde ze groot alarm slaan.

Toen zag ze de trapdeur naar de torenkamer openstaan.

Daar had ze nog niet gekeken.

Ze was de trap opgeklommen.

En had hem gevonden.

Haar man, de koning.

In voetbalbroek en op sportschoenen!

Voetballend met een jochie van acht!

'Waar ben jij nou mee bezig?'

vraagt de koningin.

De koning houdt meteen op met voetballen.

Gesnapt!

Maanden is het goed gegaan, maar nu is hij erbij.

Het is over en uit.

Koning Poeskas kan wel janken.

Koning Poeskas gaat in staking

Koning Poeskas heeft de koningin nog nooit
zo kwaad gezien.
'Een koning moet regeren,' roept ze.
'En niet achter een stomme bal aan hollen.
En zeker niet stiekem.
Schaam je je niet!'
Nee, koning Poeskas schaamt zich niet.
Hij heeft de pest in.
Hij wil heus wel op de troon zitten.
En regeren.
Maar hij wil ook voetballen.
Hij wil allebei.
Dat gaat best samen.
'Dat gaat niet samen!' zegt de koningin.
'Er wordt niet meer gevoetbald!
Begrepen?'
De deur naar de torenkamer gaat op slot.
En Faas mag het paleis niet meer in.
En zijn bal al helemaal niet.
Het liefst zou de koningin de bal lek steken.
'Je laat het!' roept de koning.

'Dat is reden tot echtscheiding!'
De koningin ziet dat hij het meent.
Faas krijgt zijn bal terug.
En ook de sportschoenen van zijn vader.
En de voetbalbroek.
In de tuin neemt koning Poeskas afscheid
van Faas.
Dat mag nog net van de koningin.
'Bedankt, Faas.
Voor al die fijne voetbaluren.
Ik zal ze nooit vergeten.'
Koning Poeskas doet er goed aan dat wel te
doen.
Elke herinnering aan de bal doet hem pijn.
Hij wordt er ziek van.
En chagrijnig.
En opstandig.
En op een dag houdt hij het niet langer uit.
Hij is in vergadering met zijn ministers.
Punt vijf staat op de agenda.
De nieuwe Wet op de Hondenpoep.
Een prima wet.
Maar de mensen houden zich er niet aan.
Er moet wat gebeuren.

Maar wat?

De boete fors verhogen?

De hond opsluiten?

Wat vindt de koning ervan?

Koning Poeskas gaat staan.

Hij kijkt zijn ministers een voor een aan.

Hij haalt diep adem.

Dan zegt hij: 'Ik ga in staking!'

De ministers kijken elkaar verbaasd aan.

In staking?

De koning gaat in staking?

Dat hadden ze niet verwacht.

De minister-president neemt het woord.

'Staken, majesteit?

Gaat dat niet wat ver?

Zo groot is het probleem van de hondenpoep
nu ook weer niet!

Er zijn grotere problemen.'

'Ja!' zegt de koning.

'En het grootste probleem is dat ik niet mag
voetballen.

Van mijn vrouw niet.

En van jullie niet!

En dat pik ik niet langer.

Ik ga in staking.

Net zo lang tot ik mag voetballen.

En niet stiekem 's nachts.

Binnen, in de torenkamer.

Nee, gewoon overdag.

Op echt gras!

De vergadering is gesloten!'

Koning Poeskas blijft in staking

Koning Poeskas zit op zijn troon.
Met zijn armen over elkaar.
Zijn kroon heeft hij afgezet.
Hij doet niets meer.
Net zo lang tot hij mag voetballen.
Van de ministers.
En van de koningin.
Maar de koningin peinst er niet over.
'Zet je kroon op, Poeskas!' zegt ze.
'En regeer!
Het land heeft je nodig.'
'Eerst wil ik een handtekening,' zegt hij.
'Pak aan, lees en teken!'
Hij geeft haar een vel papier.
De koningin begint te lezen:
Hierbij krijgt koning Poeskas toestemming
om te voetballen.
Waar en wanneer hij maar wil.
(Dus ook overdag.)
Tevens krijgt hij toestemming om
voetbalkleding te dragen.

Te weten:

- *voetbalschoenen (maat 43)*
- *voetbalkousen (rood)*
- *scheendekkers*
- *voetbalbroek (wit)*
- *voetbalshirt (rood)*

'En daar moet ik mijn handtekening onder
zetten?' vraagt de koningin.
'Jij en de ministers,' zegt de koning.
'Dan kun je lang wachten.
Want ik teken niets.
Ik ben met een koning getrouwd.
En niet met een voetballer!'
Ze maakt een prop van het papier.
En gooit hem naar het hoofd van de koning.
De koning kopt de prop terug.
Precies in haar handen.
'Teken hem en ik zal regeren.'
Hij doet zijn armen weer over elkaar.
En gaat door met nietsdoen.

Drie dagen gaan voorbij.
De koningin geeft niet toe.

En de koning geeft niet toe.

Elke dag komen de ministers bijeen.

Er moet een oplossing komen.

'Laat de koning toch voetballen!' zegt
de een.

'Geen sprake van,' zegt de ander.

'Laten we erover stemmen,' stelt een
derde voor.

'Ik ben voor,' wordt er geroepen.

'En ik tegen.'

De stemmen worden geteld.

De voorzitter telt de stemmen.

Hij telt er zeven voor en zeven tegen.

'Dat betekent dat de stemmen staken,'
zegt hij.

'Net als de koning.'

Koning Poeskas zet zijn kroon weer op

Het is de zevende dag van de staking.
Koning Poeskas zit op de troon.
Nog steeds zonder kroon.
En nog steeds met zijn armen over elkaar.
De staking moet niet veel langer gaan duren.
Koning Poeskas begint zich te vervelen.
Zou Faas zich ook vervelen?
Vast niet.
Die kan gewoon voetballen.
Met zijn vrienden.
Zou hij hun al van de koning verteld
hebben?
Hij had beloofd het geheim te houden.
Dat is nu niet nodig meer.
Nu het is uitgekomen.
De koningin komt de troonzaal binnen.
'Poeskas!' roept ze.
'Poeskas, zet je kroon op!
Vlug een beetje.'
De koning weet niet wat hij hoort.
'Meen je dat?' vraagt hij.

'Mag ik echt voetballen?'
'Man, luister dan toch eens.
Het is oorlog!
Het leger van koning Wor is ons land
binnengevallen.
Zet je kroon op en verdedig je land.'
Koning Poeskas gelooft er niets van.
Het is vast een truc om hem aan het regeren
te krijgen.
De koningin zweert van niet.
'Wor is erachter gekomen dat je in staking
bent.
Hij is op weg naar het paleis.
Om de macht over te nemen.
Hij kan elk moment hier zijn.
Schiet nou op.
Zet je kroon op.'
'En mijn staking dan?' vraagt de koning.
'Daar ga je straks maar weer mee door.
Als je Wor hebt verslagen.'
Wor komt er echt aan, begrijpt koning
Poeskas nu.
Hij houdt meteen op met staken.
Het landsbelang gaat voor.

Hij zet zijn kroon op.

En haast zich het paleis uit.

Net op tijd.

Koning Wor staat al bij de poort.

Achter hem staat zijn leger opgesteld.

Koning Poeskas loopt rustig naar zijn broer.

Hij groet hem.

Koning Wor negeert zijn groet.

'Geef je over, Poeskas,' zegt hij.

'Waarom zou ik?'

'Omdat jij niet voor je land kunt zorgen.'

'Wie zegt dat?'

'Dat lijkt me duidelijk.

Jij bent geen koning.

Jij bent een voetballer.'

'Maar ook een koning!' zegt Poeskas.

'Mooie koning,' zegt Wor.

'Een koning die in staking gaat!'

'De staking is voorbij,' zegt koning Poeskas.

'Neem je leger mee en verdwijn.'

'Ik ga pas weg als jij je overgeeft,' zegt
koning Wor.

'Ik denk er niet aan,' zegt Poeskas.

'Het Zuidrijk is van mij.

En als jij het wilt hebben, zul je erom
moeten vechten.'
'Hou toch op, Poeskas,' zegt Wor.
'Vechten is niks voor jou.'
'Durf je niet, broertje?
Ben je bang?
Krabbel je terug?'
'Ik?' zegt Wor.
'Ik ben voor niemand bang.
En voor jou al helemaal niet.'
'Goed, dan vechten we het uit.
Wij samen.
Jij tegen mij.
In een duel van man tot man!'
'Afgesproken,' zegt Wor.
'Jij mag de wapens kiezen!'
'Weet je het zeker?' vraagt Poeskas.
'Heel zeker,' zegt koning Wor.
'Welk wapen je ook kiest, ik ben toch
sterker.'
'Dat zullen we nog wel zien,' zegt Poeskas.
Hij glimlacht.
Die Wor, die denkt van hem te kunnen
winnen.

Mooi niet.
Koning Poeskas heeft een plan.
Een prachtig plan!

Koning Poeskas houdt zijn wapen geheim

Koning Poeskas zit aan het ontbijt.
Vandaag is de dag van het Grote Gevecht.
Het gevecht met koning Wor.
Koning Poeskas moet winnen.
En hij gaat winnen.
Hij weet het zeker.
Met welk wapen zegt hij niet.
Dat houdt hij nog even geheim.
Ook voor de koningin.
'Met pijl en boog?' gokt ze.
De koning schudt zijn hoofd.
'Ga je hem met het zwaard te lijf?'
'Ook niet,' zegt de koning.
'Met je blote vuisten dan?'
'Je zult het wel zien,' zegt de koning.
Hij eet zijn ei op.
Hij drinkt zijn kopje thee leeg.
En dan staat hij op.
'Ik ga,' zegt hij.
'Ik zie je zo.'
Hij geeft de koningin een kus.

'Maak je maar geen zorgen.
Ik weet wat ik doe.
Ik ben en blijf koning van Zuidrijk.
En jij bent en blijft mijn koningin.'

Het gevecht vindt plaats achter het paleis.
Op het grote grasveld.
Koning Wor is er al.
Hij oefent met het zwaard.
En met de lans.
Met de sabel en met de houten knots.
Ook Wor weet nog niet met welk wapen er
wordt gestreden.
Het maakt niet uit.
Hij lust zijn broertje Poeskas rauw.
Het publiek is er ook al.
Aan de ene kant staan de ministers van
koning Poeskas.
En aan de andere kant die van koning Wor.
Wor heeft zin om te beginnen.
Hoe eerder hoe liever.
Het wachten is op zijn broer.
Die laat zich nog niet zien.
Hij heeft nog een kwartier.

Dan moet hij er zijn.

Anders heeft Wor gewonnen.

En is het Zuidrijk van hem.

Zou dat even gemakkelijk zijn!

Te gemakkelijk, vindt Wor.

Hij wil er liever voor vechten.

Met wat voor wapen dan ook.

Eindelijk, daar komt de koningin.

Maar zonder koning.

'Waar is mijn bange broertje?' vraagt Wor.

'Zit hij soms in de struiken?

Het in zijn broek te doen van angst?'

'Gedraag je, Wor,' zegt de koningin.

'Zo praat een koning niet.

En heb maar geen valse hoop.

Poeskas komt echt wel.'

De koningin gaat bij haar ministers staan.

'Bent u alleen?' vraagt de minister-

president.

'De koning komt toch wel?'

'Tuurlijk,' zegt de koningin.

Maar zeker weten doet ze het niet.

Poeskas had er al lang moeten zijn.

Hij zou toch niet weer in staking zijn?

Of in slaap gevallen?!

'Poeskas!' zegt ze met een zucht.

'Poesje, waar ben je?

Laat me niet alleen.'

Gelukkig.

Koning Poeskas laat haar niet in de steek.

Daar komt hij aan!

In looppas.

Op de voet gevolgd door Faas.

Koning Poeskas zwaait naar de koningin.

En naar zijn ministers.

Dan loopt hij naar koning Wor.

'Ben je er klaar voor, broer?' vraagt hij.

'Ik wel,' zegt Wor.

'Maar jij, geloof ik, niet.

Wat een rare schoenen heb je aan.'

'Rare schoenen?' zegt Poeskas.

'Dat zijn voetbalschoenen.

Met echte noppen!'

'Voetbalschoenen?

Waar heb je die voor nodig?'

'Ik mocht toch de wapens uitkiezen?' zegt
koning Poeskas.

'En ik heb voor voetbalschoenen gekozen.

En voor mijn benen natuurlijk!'
Hij tilt een been op.
'Dit been heeft een dodelijk schot.
Het andere trouwens ook.'
Hij doet zijn mantel uit.
Poeskas draagt voetbalkleren!
Rood met wit.
De kleuren van zijn koninkrijk.
'Voetbal is oorlog, Wor,' zegt koning
Poeskas.
'We gaan penalty's schieten!'

Koning Poeskas gaat hem maken

Koning Poeskas staat in het doel.
Wor heeft de toss gewonnen.
Hij mag de eerste strafschop nemen.
Hij neemt een aanloop en schiet.
Poeskas duikt naar de hoek.
Zijn vingers raken de bal.
Maar niet genoeg om hem tegen te houden.
De bal zit erin.
Wor staat met 1-0 voor.
Nu mag koning Poeskas een strafschop
nemen.
Faas durft bijna niet te kijken.
Koning Poeskas moet hem maken.
Hij schiet... op de paal!
Wor juicht alsof hij al gewonnen heeft.
Maar zover is het nog niet.
Ieder mag vijf strafschoppen nemen.
Wie dan voorstaat, is winnaar.
Wor is aan de beurt.
Ook nu schiet hij raak.
Koning Poeskas begint nu toch nerveus

te worden.

Hij staat met 2-0 achter.

Daar moet hij wat aan doen.

En dat doet hij ook.

Zijn tweede strafschop is raak.

2-1 staat het nu.

Nu is het zaak zijn doel schoon te houden.

En daarna de gelijkmaker te scoren.

En ja hoor, het lukt!

Hij stompt de bal uit het doel.

En daarna maakt hij gelijk: 2-2.

Wor is weer aan de beurt.

Mis!

Poeskas hoeft niet naar de bal te duiken.

De bal gaat meters naast.

Het blijft 2-2.

Poeskas doet het beter dan zijn broer.

Hij knalt de bal in de bovenhoek.

Voor het eerst in de wedstrijd staat hij voor.

Met 3-2.

Wor neemt zijn vijfde en laatste strafschop.

Die moet erin.

Anders heeft hij verloren.

Wor maakt een schijnbeweging.

Koning Poeskas trapt erin.

Hij duikt de verkeerde kant op.

Doelpunt.

De stand is weer gelijk: 3-3.

Het beslissende moment is aangebroken.

Koning Poeskas mag nog één strafschop nemen.

Als die zit, heeft hij gewonnen.

Hij legt de bal op de stip.

Faas maakt een kruisje.

En doet een schietgebed.

'Zet hem op, koning!' fluistert hij.

'Schiet hem erin!'

Koning Poeskas legt de bal goed neer.

Hij doet een stap achteruit.

Dan schiet hij.

Zo hard en zo zuiver als hij nog nooit heeft geschoten.

In de kruising.

Hij zit!

Het is 4-3!

Koning Poeskas heeft gewonnen!

Koning Poeskas mag nu altijd voetballen

Koning Poeskas hoeft niet te gaan staken.
Voortaan mag hij altijd voetballen.
Van de ministers.
Van zijn vrouw.
Van iedereen.
Zo vaak hij maar wil.

Het hoeft niet meer stiekem.

In de torenkamer.

Koning Poeskas krijgt zijn eigen stadion.

Voor zijn verjaardag.

Van zijn vrouw.

Het staat op de plek waar hij Wor heeft
verslagen.

Faas onthult de naam.

Het Koning-Poeskas-Stadion.

Uit de luidsprekers klinkt muziek.

Speciaal gemaakt voor koning Poeskas!

Het is een vrolijke mars.

De Mars van Koning Voetbal!